A caro amigo,

com votos de paz

DIVALDO FRANCO
pelo Espírito
Amélia Rodrigues

O VENCEDOR

2. ED. SALVADOR, 2024

COPYRIGHT © (1994)
CENTRO ESPÍRITA CAMINHO DA REDENÇÃO
Rua Jayme Vieira Lima, 104
Pau da Lima, Salvador, BA.
CEP 412350-000
SITE: https://mansaodocaminho.com.br
EDIÇÃO: 2. ed. – 2024
TIRAGEM: 3.000 exemplares (Milheiro: 13.000)
COORDENAÇÃO EDITORIAL
Lívia Maria Costa Sousa

REVISÃO
Adriano Ferreira • Lívia Maria C. Sousa
CAPA E ILUSTRAÇÕES
Samuel Caminnatti
MONTAGEM DE CAPA
Ailton Bosco
EDITORAÇÃO ELETRÔNICA
Ailton Bosco
COEDIÇÃO E PUBLICAÇÃO
Instituto Beneficente Boa Nova

PRODUÇÃO GRÁFICA
LIVRARIA ESPÍRITA ALVORADA EDITORA – LEAL
E-mail: editora.leal@cecr.com.br

DISTRIBUIÇÃO
INSTITUTO BENEFICENTE BOA NOVA
Av. Porto Ferreira, 1031, Parque Iracema. CEP 15809-020
Catanduva-SP.
Contatos: (17) 3531-4444 | (17) 99777-7413 (WhatsApp)
E-mail: boanova@boanova.net
Vendas on-line: https://www.livrarialeal.com.br

Dados Internacionais de Catalogação na Publicação (CIP)
(Catalogação na fonte)
BIBLIOTECA JOANNA DE ÂNGELIS

F825   FRANCO, Divaldo Pereira. (1927)

    O vencedor. 2. ed. / Pelo Espírito Amélia Rodrigues [psicografado por] Divaldo Pereira Franco, Salvador: LEAL, 2023.
    28 p.
    ISBN: 978-65-86256-41-3

    1. Espiritismo 2. Psicografia 3. Infantojuvenil
    I. Título II. Divaldo Franco

                                                   CDD: 133.93

Bibliotecária responsável: Maria Suely de Castro Martins – CRB-5/509

DIREITOS RESERVADOS: todos os direitos de reprodução, cópia, comunicação ao público e exploração econômica desta obra estão reservados, única e exclusivamente, para o Centro Espírita Caminho da Redenção. Proibida a sua reprodução parcial ou total, por qualquer meio, sem expressa autorização, nos termos da Lei 9.610/98.
Impresso no Brasil | Presita en Brazilo

"E eu, quando levantado da terra,
atrairei todos a mim."
João, 12:32.

Jesus veio para inaugurar, na Terra, o Reino do Amor.
Encontrou dificuldades de toda natureza, porque os homens daqueles dias em que Ele viveu entre nós estavam acostumados ao poder e à força.

As criaturas se encontravam divididas entre senhores e escravos, os poderosos e os sem valor nenhum.

A vida não era respeitada, porque a guerra destruía as esperanças e submetia os que não podiam vencer, deles fazendo infelizes sem liberdade.

Quando Jesus ensinou que todos os homens são iguais e que as diferenças se fazem somente através das conquistas morais, houve aborrecimentos por parte dos que governavam e queriam manter o estado das coisas no ritmo em que se encontravam.

Ele, porém, continuou a ensinar o amor a todos os seres, o perdão a todas as ofensas e a humildade como formas de crescimento para Deus.

Vivia cercado pelos pobres, sofredores, pelos que eram desprezados e não mereciam nenhuma consideração.

Em qualquer lugar em que Ele aparecia, as multidões se aproximavam para O ouvir e receber das Suas mãos o alimento da paz, a esperança de felicidade e a saúde. Nada conseguia perturbar Jesus.

Ele convidou doze homens para que se tornassem Seus discípulos, porque era o mais sábio do mundo, assim se fazendo Mestre de todos.

Esses amigos O amavam, mas não compreendiam a missão d'Ele, o Reino que fundava.

Porque sofriam e eram pobres, esperavam que Ele se tornasse rei do país onde todos eles haviam nascido, e que se chamava Israel.

    Ele demonstrava não ter interesse pelas coisas do mundo nem pelas posições de destaque social na Terra.

    <u>Renunciava</u> a tudo: aos aplausos, às gratidões, aos jogos humanos. Mas os companheiros não entendiam a Sua atitude e ficavam inquietos.

    Eles amavam a Deus, mas queriam a felicidade no mundo.

Jesus, no entanto, ensinou-lhes, dizendo:
- Eu sou o caminho para Deus, que é a Verdade e a Vida, e ninguém consegue compreender essa realidade, senão por meu intermédio.
Cada vez que Ele apresentava lições tão profundas, que contrariavam os religiosos da época, aumentavam os ódios contra a Sua vida.

Foi durante a Sua visita a Jerusalém, que era a capital de Israel, como ainda hoje, durante umas festas chamadas de Páscoa, que Ele foi preso e levado a um julgamento injusto.

Judas, que era também Seu discípulo, vendeu-O aos sacerdotes, traindo o Seu amor.

E Pedro, que igualmente O amava muito, quando foi apontado como Seu amigo, respondeu, com medo, por três vezes:

- Eu nunca vi esse homem!

Os dois se arrependeram quando O viram, depois de condenado, ser crucificado, no alto de um monte que era conhecido pelo nome de Calvário.

Judas, atormentado, suicidou-se, envergonhado do que fizera, cometendo, com esse ato, um crime muito grave diante de Deus.

Pedro procurou recuperar-se, também arrependido, vivendo totalmente dedicado a pregar e a viver a doutrina que Ele havia ensinado.

E, de fato, foi na cruz, erguido da terra, que todos compreenderam que Jesus era o verdadeiro vencedor do mundo.

Embora houvesse morrido, Ele ressuscitou três dias depois e voltou a conviver com os amigos, aparecendo até aos estranhos, num lugar onde estavam quase quinhentas pessoas, num monte, escutando João, que era o Seu discípulo amado, falando a respeito d'Ele.

O verdadeiro vencedor não é aquele que domina os outros, mas é quem consegue dominar os seus ímpetos, amando sem qualquer rancor de ninguém, nem mesmo daqueles que o persigam e maltratem.

O amor venceu!

PARA MEDITAR:

Jesus é o caminho para o bem, que é Deus.
Jesus é a mais bela prova da verdade e da vida, que também são Deus.

PARA MEMORIZAR:

Jesus é o pão da vida e a porta para a felicidade.
Ante os problemas da vida, nas lutas de cada dia,
Jesus é lição querida, vencendo com harmonia.

GLOSSÁRIO:

INAUGURAR - Entregar oficialmente ao público, fazer uso de uma coisa pela primeira vez, estrear.

FUNDAR - Dar início; criar, construir desde as primeiras bases.

RENUNCIAR - não querer; recusar; desistir da posse; abdicar.

PÁSCOA - Festa que comemora a saída do povo de Israel, depois de livre, da escravidão no Egito; festa anual dos cristãos, comemorativa da ressurreição de Cristo.

TRAIR - Iludir, enganar por traição; denunciar (alguém) em ato de traição.

CALVÁRIO - É o nome dado à colina na qual Jesus foi crucificado e que, na época de Cristo, ficava fora da cidade de Jerusalém. O termo significa "caveira", referindo-se a uma colina ou platô que contém uma pilha de crânios ou a um acidente geográfico que se assemelha a um crânio.

PREGAR - Falar sobre assuntos em que se acredita, especialmente religiosos.

RESSUSCITAR - Voltar a viver depois de morto; tornar a viver; ressurgir.

ÍMPETO - Desejo sem controle; precipitação; impulso.

RANCOR - Recordação triste de um acontecimento desagradável que não foi perdoado. Sentimento de profunda aversão provocado por experiência vivida; forte ressentimento.